1 Juin

COLLECTION D'UN AMATEUR (3e Partie)

Vente des Jeudi 1er et Vendredi 2 Juin 1911

HOTEL DROUOT — SALLE N° 11

N° 221 du Catalogue.

Estampes Modernes

Œuvre de A. LEPÈRE

PEINTURES — DESSINS — ESTAMPES

Mr André DESVOUGES

M. Edmond SAGOT

Collection d'un Amateur

VENTE faite salle 11, les 1er et 2 juin, par Me **DESVOUGES**.

(Suite et fin)

Estampes modernes

289. Eté. Sous les grands arbres, pastel 620. — 290. Les grandes nuées orageuses : 1.550. — 291. La grand'mère, gouache : 550. — 292. Guinguette à Issy-les-Moulineaux : 620. — 293. La maison blanche : 510. — 294. Moissons mûres : 600. — 295. Rochers éclairés par le soleil couchant, pastel : 320.

295 bis. Lotz Brissonneau. Catalogue de l'œuvre gravé de A. Lepère. Nantes, 1905 : 75. — 301. A. Lunois. Bailarinas Flamencas, imp. en coul. : 95. — 302. La belle Tulipe, sur japon : 200. — 305. La Corrida, suite double complète de 8 lithographies en couleurs : 50. — 311. La Hollandaise de Volendaam, sur japon : 200. — 312. Intérieur hollandais, épreuve de remarque, imprimée en couleurs : 40. — 324. La Partie de Volant, imprimée en couleurs, sur japon : 90. — 329. Les Tisseuses de Burnous japon : 350.

336. Mac-Laughlan. La Tannerie. Portail gothique. L'Atelier de menuiserie. Cour de Rohan. Boutique de charbonnier, ensemble 5 eaux-fortes : 80.

347. Rafaelli. Le Village sur la colline, pointe sèche en couleurs : 80. — 348. Les Deux amis, en couleurs, sur japon : 72. — 349. Gennevilliers, imprimée en coul : 75. — 351. L'Homme et son chien, épreuve unique, imprimée en couleurs signée, avec deux croquis originaux : 162. — 352 Les Invalides, sur japon, imprimée en coul. : 75. — 353. Le Jardin de la vieille femme, imp. en coul. sur japon : 105. — 358. La Route aux grands arbres, sur japon imp. en coul, : 150. — 360. Sur le Bord du ruisseau, imp. en coul. : 70. — 361. Types de petites gens, eaux fortes imprimées en couleurs, Paris, Boussod : 539.

363 Renoir. Mère et Enfant, sur japon : 62. — 364. Tête d'enfant, sur chine : 62. 365. P. Renouard. La Cauda, épreuve d'état sur hollande : 65. — 368. L'Opéra, trente eaux fortes, préface par Ludovic Halévy : 50. — 371. Steinlen. Chanteur de cour, épreuve d'essai : 67. — 382. Willette. Le Baiser : 109. — 384. L'Enfant prodigue, avant la lettre : 180. — 387. Suite complète de 16 lithographies pour les chansons de Paul Delmet : 216.

Gazette de l'Hôtel Drouot, 20 juin 1911

CATALOGUE

d'Estampes Modernes

par

BAUER, BÉJOT, BEURDELEY (J.), BRACQUEMOND (F.),
CASSATT (Mary), CHÉRET (J.), DUPONT (P.),
FORAIN (J.-L.), GRAVESANDE (Storm Van) LEGRAND (L.),
LEGROS (A.), LEHEUTRE (G.), LUNOIS (A.),
MAC LAUGHLAN, NICHOLSON (W.), RAFFAELLI (J.-F.),
RENOIR, RENOUARD (P.), STEINLEN (A.), WILLETTE (A.), etc.

Œuvre d'Auguste Lepère

(Peintures, Dessins et Estampes)

Composant la 3e partie de la Collection d'un Amateur

Dont la vente aura lieu à Paris

HOTEL DROUOT, Salle N° 11

Les Jeudi 1er et Vendredi 2 Juin 1911

à 2 heures précises

Par le Ministère de Me ANDRÉ DESVOUGES

COMMISSAIRE-PRISEUR

26, *Rue Grange-Batelière*

Assisté de M. EDMOND SAGOT, Expert

Éditeur et Marchand d'Estampes

39 bis, Rue de Châteaudun, 39 bis Paris (IXe)

CONDITIONS DE LA VENTE

Elle sera faite au comptant.

Les adjudicataires paieront dix pour cent *en sus des enchères.*

M. Edmond Sagot *remplira les commissions que voudront bien lui confier les amateurs ne pouvant y assister.*

MM. les amateurs pourront visiter la collection, 39 bis, rue de Châteaudun, *du Samedi 27 au Mardi 30 Mai, de 10 heures à 5 heures (le dimanche excepté).*

ORDRE DES VACATIONS

Jeudi 1er Juin . . . . N^{os} *1 à 183.*

Vendredi 2 Juin . . . . N^{os} *184 à la fin.*

N° 38 du Catalogue.

DÉSIGNATION

BAUER

1. Ali Baba, très belle épreuve sur japon, signée.
2. Eléphant d'Hyderabad, superbe épreuve sur japon, numérotée et signée.
3. Intérieur d'une Mosquée, très belle épreuve sur japon, signée.
4. Jour de fête, très belle épreuve sur japon, signée.
5. Mahomet II, très belle épreuve sur japon, signée.
6. Matin au bord du Gange, très belle épreuve sur japon, numérotée et signée.

7. Mosquée d'Hassan, très belle épreuve sur japon, signée.

8. Reine de Saba, très belle épreuve sur japon, signée.

9. Terrasse d'une Mosquée, très belle épreuve sur japon, numérotée et signée.

BÉJOT (Eug.)

10. Du Ier au XXe : Les arrondissements de Paris, vingt eaux-fortes originales de *Eug. Béjot*, préface de *Jules Claretie*, de l'Académie Française, *Paris*, 1903, in-4° en portefeuille.

Un des 25 exemplaires sur japon (n° 10).

11. Montmartre. — Quai de l'Hôtel de Ville. — Entre Paris et Charenton, ens. 3 pièces, belles épreuves, numérotées et signées, 2 imprimées *en couleurs*.

BEAUFRÈRE — BÉJOT — BELLEROCHE

12. Bûcherons en forêt (l'*Estampe Nouvelle*). — Notre-Dame prise de l'Estacade, eau-forte en couleurs. — Jeune femme assise sur un guéridon (l'*Estampe Nouvelle*) n° 18-49; ens. 3 pièces, très belles épreuves, signées.

BELTRAND (J.) — BÉREND (Ed.) — BERTHON (P.)

13. La place St-Michel, bois en couleurs, n° 7-45. — Portrait d'Homme, pointe sèche. — La Reine Wilhelmine, litho en couleurs: ens. 3 pièces, épreuves d'artiste signées.

BESNARD (A.)

14. Intérieur de la Cathédrale de Fontarabie la veille de Noël, très belle épreuve, signée.

15. La même, très belle épreuve *d'état*, avant la coupure du cuivre.

BEURDELEY (Jacques) — BIGOT (G.) — BILLET

16. Coin de rue à Provins, n° 3-25. — Scène Japonaise, sur japon. — Pêcheuse couchée ; ensemble 3 pièces, belles épreuves, une signée.

BEURDELEY (Jacques)

17. Les Commères. — Intérieur de Cour. — Les Lavoirs à Provins, 3 pièces, très belles épreuves, numérotées et signées.

18. Petit canal à Venise. — Casa di Camello. — Menu pour la Société des Amis de l'eau-forte, 3 pièces, très belles épreuves, 2 signées.

19. Petite place à Provins. — Porche à Venise, 2 pièces, très belles épreuves, numérotées et signées.

20. Rue d'Ecossé. — Rue Pierre au Lard, 2 pièces, très belles épreuves, numérotées et signées.

BRACQUEMOND (Félix)

21. David, d'après Gustave Moreau (B. 348), superbe épreuve *d'état*, sur parchemin, *signée du peintre et du graveur*.

22. Les Faisans, deux très belles épreuves, *d'états* différents, signées.

23. Gypaete, deux très belles épreuves *d'états* différents, une signée.

24. La rixe, d'après Meissonier, superbe épreuve d'artiste sur parchemin, signée et timbrée.

25. Le Singe et le Chat (B. 795), *d'après Gustave Moreau*, très belle épreuve du *1er état*, signée.

26. 6 Sujets pour les *Fables de la Fontaine*, d'après G. *Moreau*, très belles épreuves d'artiste sur parchemin, signées et timbrées.

Le Singe et le Chat (B. 795) — Le Songe d'un habitant du Mogol (796) — Le Lion amoureux (797) — La Discorde (798) — L'Homme qui court après la Fortune et celui qui l'attend dans son lit (799) — La Tête et la queue du Serpent (800).

27. La Cigale et la Fourmi *d'apr. G. Moreau* (B. 801), très belle épreuve *d'état*, signée.

Seule pièce exécutée du second Cahier pour les Fables de La Fontaine.

28. Trembles au bord de la Seine (B. 218), très belle épreuve, signée.

CASSATT (Mary)

29. Album de 10 pointes sèches *en couleurs*, superbes épreuves *signées, avec dédicace*, in-f° en portefeuille.

Mère embrassant son enfant, 2 pièces; La lettre, Five o'clock, Traversée de la Seine, Le Bain de l'Enfant, Toilette matinale, En Soirée (femme à l'écran), Femme se coiffant devant la Glace, L'Essai de la Robe.

30. Le Banjo, très belle épreuve *imprimée en couleurs*, signée.

31. Devant la Cheminée, verni mou, très belle épreuve, sur hollande, signée.

32. Fillettes lisant, très belle épreuve, signée.

33. Jeune Mère dans un jardin, très belle épreuve *imprimée en couleurs*, sur papier verdâtre, signée.

34. La leçon de tricot, très belle épreuve, *numérotée* et *signée*.

35. Mère allaitant son enfant, très belle épreuve, signée.
Voir la reproduction.

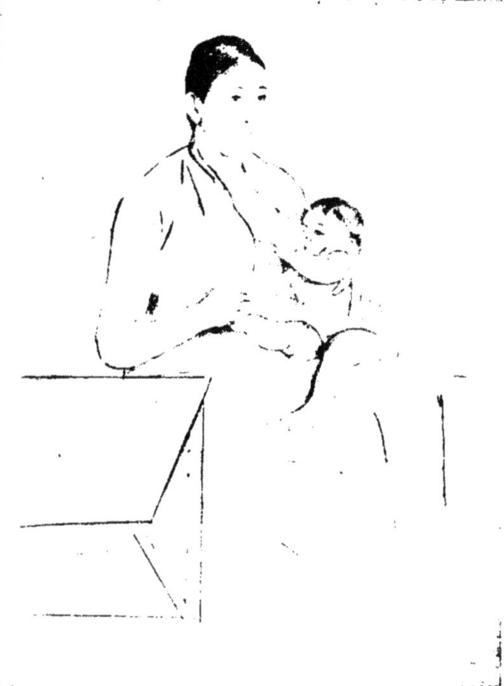

N° 35 du Catalogue.

36. Mère et enfant jouant sur le gazon, très belle épreuve, *imprimée en couleurs*, numérotée et signée.

CHARPENTIER (A.)

37. Zierikzee (La laitière en bateau) — Jeune fille jouant du violon; ensemble 2 lithographies en couleurs *rehaussées de gaufrages*, très belles épreuves, *numérotées* et *signées*.

38. **CHÉRET (Jules) (Œuvre lithographié)**

N.-B. — **Cet Œuvre, comprenant 298 pièces, sera mis sur table dans son ensemble et ne sera divisé qu'au cas où la mise à prix ne serait pas couverte.**

Nous nous excusons de détailler pièce par pièce l'œuvre lithographié de Chéret compris dans cette collection ; depuis quelque 25 ans que nous nous intéressons à cet artiste il nous a été permis d'admirer les qualités si françaises de son talent qui continue la tradition des maîtres du XVIIIe.

Nous regrettons que le défaut de place ne nous laisse pas la possibilité de montrer des reproductions plus nombreuses car l'occasion de voir un ensemble aussi complet se présente rarement (les lithographies de Chéret en épreuve d'essai n'ayant pas été mises dans le commerce) et le choix dont nous donnons l'énoncé ci-après est fait d'épreuves de fraîcheur exceptionnelle.

a) Portrait de Chéret, bois d'après Besnard, fumé sur japon pelure collé.

b) DESSINS ET CROQUIS ORIGINAUX.

La Divine, liqueur des Dames de France, gouache (on y a joint la reproduction). (H. 31. L. 23).

Parfum des Femmes de France, gouache. (H. 24. L. 15).

Croquis pour l'Almanach du Figaro, crayon rehaussé (H. 27. L. 17.)

Croquis Femme et Enfant pour la couverture du Figaro illustré, crayon rehaussé. (H. 16 L. 15).

c) **COUVERTURES DE LIVRES**

1° ÉDITION JULES LÉVY :

Beau mignon — Le Bureau du commissaire, 2 épreuves, dont une en sanguine — En mer — Galipettes de Galipeaux, 2 épreuves, dont 1 d'essai — Entrée de Clowns — Exposition des Arts incohérents, 1886 et 1889 — La Gomme, 2 épreuves, avant toute lettre, *essais en couleurs différentes* — Graine d'horizontales, 2 épreuves, 1 *d'essai* en bistre — Livres d'Etrennes, 1888 — Paris qui rit, 2 épreuves, 1 *d'essai en noir sur chine* — Mon petit premier, 3 épreuves, dont une *d'essai* en bistre — Pile de Pont, 2 épreuves, dont une *d'essai* — Roman incohérent — Voyage de découverte, de A'Kempis.

d) 2° EDITIONS DIVERSES :

Les affiches illustrées, 2ᵉ volume — L'Afficheuse, 2 épreuves, une *sur japon* — Album théâtral illustré, publié en 1869 : *Hamlet*, acte V — *Almanach du Chat Noir, 4 épreuves, dont 3 *essais* ou *d'états* en noir ou en couleurs — L'Amant des Danseuses et les Etoiles — Anvers-Paris : Livre d'Or, *essai* — L'Arc en ciel, *avant lettre* — A travers chants, *avant lettre* — *Aux Trois Quartiers* (B. 593) *essai en couleurs* — Carnet d'une parisienne, *essai en noir* — Les Belles du Monde — *Les Bohémiens*, feuilles comprenant la couverture et onze illustrations (B. 693-704), superbe épreuve en deux tons — Catalogue de Musique Le Vasseur, 2 épreuves, *essais en couleurs* — Bal du Courrier Français, *essai en couleurs* — Carnaval — Catalogue d'Affiches Illustrées, Sagot, 1891 — Fantaisie (supplément du Courrier Français), 2 épreuves, dont *une d'essai et d'état* AVANT LA CORRECTION DE LA MAIN — Courte et Bonne, *essai en noir*, sur chine — De la Danse — La Danse (Estampe originale Marty) — Dinah Samuel — L'Eventail : Poésie, 2 épreuves *d'essai*, une en noir — Eventail (Madrid, 7 juin 1902), face et revers, 2 feuilles — La femme, par de Condé, 2 *essais en couleurs*, 1ᵉʳ état avec le dessin *à gauche*; Les Femmes de Paris, par Montjoyeux — Figaro Illustré (B. 38) *essai en noir* — La Folie (B. 754), 3 épreuves, essais *noir et sanguine* — Les Graveurs du XIXᵉ siècle, Frontispice — Joueuse de Guitare assise, sur chine — — Louvre-Etennes, *essai* en bistre avant lettre — Lulu, 3 compositions, série de 3 épreuves d'*essais* noir et couleurs différentes — Roger Marx, ouvrage sur l'Exposition de 1889, *avant toute* *lettre* — Médéric et Lisée, *essai en couleurs* — Le Miroir, 2 *essais noir et couleurs* — *Le Mois Théâtral*, superbe épreuve *d'essai*, sur chine, *avant toute lettre* — La Mort de Pierrot (B. 729), 2 épreuves *d'essai en couleurs* — Nouveau Magicien Prestidigitateur, *essai* en couleurs — *Paris Illustré*, couverture, SÉRIE EXCEPTIONNELLEMENT REMARQUABLE composée de 2 épreuves *d'essai en couleurs différentes*, 1 épreuve *d'essai en sanguine* — *Paris Illustré : Le Bal* (B. 753), superbe épreuve, *d'essai en couleurs* — *La Même*, épreuve *d'essai en noir sur chine*, Pierrette les mains sur les Hanches — Pierrot Sceptique, 3 pièces — **Le Plaisir* (B. 755), magnifique épreuve, *d'essai en bistre sur teinte* — *La Même*, magnifique épreuve *d'essai en sanguine sur teinte* — La Plume, couverture, 3 épreuves, dont 2 *d'essai* — Printemps : Jouets 1906, 2 épreuves — *Au Quartier Latin*, magnifique épreuve *d'essai en couleurs*, *avant toute lettre*, plus 1 épreuve ordinaire — Revue Illustrée : article de Frantz Jourdain, *quadruple suite* en noir sur blanc et sur chine, en sanguine, en couleurs plus 1 feuille des 4 tirages en couleurs — Scaramouche, épreuve *d'essai en couleurs* — Soirées funambulesques — Ukko'till, 2 *essais* en couleurs.

**Voir les reproductions.*

e) TITRES DE MUSIQUE :

La Chanson des joujoux, 2 *essais couleurs différentes* — Le Courrier des Amours — Dorobantz-Polka, *essai en sanguine avant toute lettre* — Eldorado, 3 épreuves *d'essai en sanguine et en noir* — España (en largeur), 2 épreuves, dont un *essai bistre et teinte* — España (en hauteur, *essai bistre et teinte* — Figaro-Musical, épreuve *d'essai* — François les Bas Bleus — Gitanella, 2 épreuves, dont *une d'essai* — **L'Ile heureuse*, 2 épreuves *d'essai, avant toute lettre*, ÉTATS non terminés — Joyeuse Marche — Myrtille, 2 épreuves *d'essai*, en noir sur chine, et en couleurs *avant toute lettre* — Les Œufs de Pâques, *essai en bistre* — L'Oncle Sam, *épreuve d'essai* — Les Pan-

N° 58 du Catalogue. — *Lettre D. Le Plaisir.*

tins roses, 2 épreuves — Sérénade de Polichinelle — Polka du Rire — *Polonia*, 2 épreuves, dont 1 *d'essai en bistre* — Porte-veine — Ta-ra-raboum, 2 épreuves *d'essai avant toute lettre, noir* et *bistre* — Valse des brunes et Valse des blondes, *essai bistre et teinte* (épreuve coupée en deux) — Villanelle des petits canards, *essai en couleurs* — Virtuoses de l'Avenir — Hippodrome : Skobeleff, *essai en noir* sur chine.

Voir la reproduction.

f) MENUS — BILLETS DE NAISSANCE

Menu Béraldi — Casino de Nice — Banquet de la Société des Imprimeurs Lithographes, 2 *essais* couleurs différentes — 33ᵉ Banquet Chambre Syndicale des Imprimeurs Lithographes — 37ᵉ Banquet, *id.* — Loterie Exposition de 1889 — — Menu Judic? — Marins Naufragés, 1893 — Pous nos Marins, 1891, 2 épreuves — Présidence de la République, 5 août 1900 — Restaurant de la Tour Eiffel, tirage du sujet (B. 758) — Théâtre libre et le Courrier Français — La Vrille, (la plupart en épreuves d'essai) — *Dessus de boîtes de dragées*, 2 épreuves : 1 bistre et teinte et 1 en noir sur chine — Billets de Naissance : André Béraldi — Hélène Béraldi — Paul Louis Bermond — *Marie Thérèse Delzant* — Mˡˡᵉ Deschamps — Jean de Fleury — Jean de Fleury et réduction des Coulisses de l'Opéra au Musée Grévin.

RÉDUCTIONS D'AFFICHES

g) Chéret (J.) Reproductions de ses plus célèbres affiches pour l'ouvrage de M. Maindron, publié en 1886, série comprenant :

1° La suite des 21 pièces publiées, en *triple* état :

1° sur japon, *avant toute lettre.*
2° sur chine, *en noir.*
3° sur blanc, *en bistre.*

2° 3 pièces INÉDITES, *en triple état.*

3° 1 pièce INÉDITE, épreuve en bistre.

4° 1 — — en double état : *en bistre* sur blanc et *en noir* sur chine ; au total 75 pièces, album gr. in-8° oblong.

Spectacle Promenade de l'Horloge — Faust ! Lydia Thompson — Printemps : Jouets, 1884, 2 épreuves — Petit St Thomas : Saison d'Eté — Petit St Thomas : Jouets, 1889-1890 — Pan, 8 pièces en épreuves d'essai.

N° 38 du Catalogue. — *Lettre D. Almanach du Chat Noir.*

h) Les Danses et les Ris ? 2 épreuves de couleurs différentes.

Eventail pour la Fête Gavarni.

i) Chéret (J.). La Fée du Rocher, ballet-pantomine d'Armand Silvestre et Francis Thomé, illustré par J. Chéret, *Paris, Conquet*, 1894, in-f° cartonné demi-bradel dos et coins.

Tirage à part imprimé sur les pierres et contenant une double suite hors texte des compositions en couleurs de J. Chéret, tiré à 100 exemplaires n° 46.

La Fée du Rocher, série composée de : La publication du Figaro illustré, *avec le texte et la musique*; 2° 3 suites *avant toute lettre* en sanguine, en noir, en couleurs, superbes épreuves d'essai ; nous y ajoutons 3 planches doubles en couleurs (ont été pliées).

j) Diplome de la Société des Artistes lithographes français, sur japon.

k) **AFFICHES DE PETIT FORMAT**

Athénée Comique : il Signor Pulcinella — Athénée Comique, tous les soirs — Les deux orphelines — Eldorado, *essai* en noir avant toute lettre et épreuve en couleurs — Emilienne d'Alençon aux Folies Bergères, très belle épreuve *avant la lettre*, imprimée en couleurs — Le Figaro est en vente ici — Guide Conty, 2 épreuves, dont une *d'essai* — Halle aux Chapeaux, 1889, *essai* en noir — La même, 1892, en couleurs — La même, 1893, 2 épreuves en noir et couleurs — La même, 1894, *essai* sur chine en bistre — Hippodrome : Entrée de Clowns — Hippodrome : Léona Dare — Palais de Glace : Patineuse de dos, *avant lettre en couleurs* — La même, patineuse de face — Papier Job, en bistre *avant lettre* — Pastilles Géraudel, *essai en noir* — Punch Grassot, *essai en noir* — *Quinquina Dubonnet* : *Femme au chat*, avant toute lettre — Tertulia (Tête de Macé-Montrouge — Tivoli Vaux-Hall (La Folie entre 2 médaillons), *Vin Mariani, avant toute lettre*, en couleurs.

l) **AFFICHES DE PARTITIONS**

Les Brigands, musique d'Offenbach, 2 sujets différents — La Cigale Madrilène, musique de J. Perronnet, épreuve *d'essai* en noir — Les deux Pigeons, musique de Messager — La Diva, musique d'Offenbach — François les Bas Bleus, musique de Bernicat — Françoise de Rimini, musique d'A. Thomas — Mam'zelle Gavroche, musique de Hervé — Faust, musique de Hervé (réparée) — La grande duchesse de Gérolstein, musique d'Offenbach — La quenouille de verre, musique de Ch. Grisart — La reine Indigo, musique de J. Strauss — Le Trône d'Ecosse, musique de Hervé, signée et datée 1871 — La Tzigane, musique de J. Strauss — Viviane, musique de Pugno et de Lippacher.

DULAC (M. Ch.)

38 *bis*. Paysages ; suite complète de 8 lithographies *en double état* en un album in-f° cartonné, très belles épreuves.

DUPONT (Pieter)

39. Bêtes de labeur, très belle épreuve *numérotée* et *signée*.

FORAIN (J.-L.)

40. Eventail pour la fête Gavarni (M. G. 70) très belle épreuve d'artiste, *imprimée en couleurs*.

41. La Vie de bohême (M. G. 88) très belle épreuve *avant la lettre*, imprimée en sanguine.

FRELAUT — GAUJEAN

42. Le Labour, *numérotée* et *signée* — La Vierge, St Georges et St Donatien *d'après Van Eyck*, ensemble 2 pièces, très belles épreuves d'artiste, signées.

GRAVESANDE (Storm Van)

43. Port d'Amsterdam, très belle épreuve signée.

HÉDIARD (G.)

44. *Les Maîtres de la Lithographie :* FANTIN LATOUR, *Paris* 1892, br. in-8° de 46 pp. ill. — Les Lithographies nouvelles de Fantin Latour, *Paris, Ed. Sagot*, 1901, br. in-8° de 18 pp. Ens. 2 in-8°.
Editions originales, les seules contenant les 3 lithographies originales faites spécialement pour ces monographies : Portrait de Fantin à 17 ans, Vénus et l'amour, La Lecture *(Très rare)*.

HELLEU (P.)

44 *bis*. La Duchesse de M.. superbe et très rare épreuve signée d'une planche non mise dans le commerce.

44 *ter*. La Duchesse de M... endormie avec son chien, très belle épreuve signée.

LEGRAND (Louis)

45. Le Cap de la chèvre, suite complète de 14 lithographies avec couverture, très belles épreuves sur chine.

46. Les Communiantes — La petite violoniste, 2 pièces, très belles épreuves imprimées en couleurs sur japon.

47. Histoires extraordinaires d'Edgar Poë, suite de 15 planches *en double état*, très belles épreuves sur japon.

48. Le Fils du Charpentier, très belle épreuve *d'état, avant la remarque* sur le cuivre, *signée*.

49. Frio, très belle épreuve *avec le croquis* sur japon, signée : Danseuse, très belle épreuve sur japon, ensemble 2 pièces.

50. Les Petites du ballet, suite complète de 12 eaux fortes avec couverture, très belles épreuves sur japon *avec remarque (tiré à 25)*.

N° 52 du Catalogue.

51. Le Vaporisateur, très belle épreuve, *imprimée en couleurs*, numérotée et signée.

52. Vieille Servante, très belle épreuve sur japon, signée.

Voir la reproduction.

LEGROS (A.)

53. Les donneurs d'eau bénite (P. M. 52), très belle épreuve *(rare)*.

54. La Discipline au couvent (P. M. 53), très belle épreuve.

55. Le Réfectoire (P. M. 55), très belle épreuve du *1er état*.

56. Les Chantres espagnols (P. M. 59), très belle épreuve du *3me état*.

57. Les Pestiférés de Rome (P. M. 60), très belle épreuve, sur hollande.

58. Le Baptême (P. M. 65), très belle épreuve.

59. Femme des environs de Boulogne-sur-Mer (P. M. 80), très belle épreuve.

60. Le Mouton retrouvé (P. M. 86), superbe épreuve du *1er état (très rare)*.

61. La Charrette brisée (P. M. 87), très belle épreuve du *2me état*.

62. Le Coup de vent (B. M. 110), *superbe épreuve*.

63. La Veillée mortuaire (P. M. 125), très belle épreuve.

64. Le Chat noir (P. M. 148), très belle épreuve.

65. Les Archers d'après Leys (P. M. 165), très belle épreuve.

66. Le Canal (P. M. 178), superbe épreuve sur papier ancien.

N° 72 du Catalogue.

67. Le Crieur de nuit (P. M. 196), très belle épreuve sur chine.

68. Dans la forêt de Couteville (P. M. 352), très belle épreuve signée.

69. Près d'Amiens, Les Tourbières (P. M. 358), superbe épreuve, signée.

70. Le Gué (B. 360), très belle épreuve, signée.

71. Sindbad le marin (P. M. 482), très belle épreuve, signée.

72. L'Adoration des bergers (P. M. 526), très belle épreuve, signée.

Voir la reproduction.

73. Les Mendiants de Bruges (P. M. 537), très belle épreuve, signée.

74. L'Etang? Effet de soir (P. M. 542), superbe épreuve, signée.

75. Les Grands Arbres, superbe épreuve du *1er état.*

76. Le Grand Canal (274) superbe *épreuve d'état* signée *(Rare).*

77. Histoire du Bonhomme Misère avec six eaux-fortes par A. LEGROS, *Londres* 1877, in-folio velin blanc à recouvrements (tiré à 60 Exres n° 27).

Contient les 6 pièces suivantes :

— St Pierre et Saint Paul à la porte de M. Richard (P. M. et T. 175).

— St Pierre et Saint Paul chez le bonhomme Misère (P. M. et T. n° 145).

— Le Souper chez Misère (n° 174).

— Le Voleur de Poires (138).

— La Mort dans le Poirier (140).

— Depuis ce temps-là... (173).

78. Jeune paysanne à l'église ; eau forte Portrait d'Alphonse Legros, fac-simile ; ens. 2 pièces, belles épreuves.

N° 88 du Catalogue.

LEHEUTRE (G.)

79. L'Avant-port de La Rochelle, superbe épreuve d'état, *avant la signature gravée* sur japon pelure, signée.

80. Le Bassin neuf à La Rochelle, très belle épreuve, *numérotée* et *signée*.

81. Les Bateaux de pêche du Tréport, très belle et rare épreuve *numérotée* et *signée (tirée à 8)*.

82. Les Bateaux parisiens à Auteuil, superbe épreuve d'état *avant la signature gravée* numérotée et signée (tirée à 10 épreuves).

83. Les bords de la Bresle, superbe épreuve d'état *avant la signature gravée*, numérotée et signée *(très rare)*.

84. Bords de Marne à Gournay — Le champ Regnier à Gournay, deux très belles et rares épreuves signées.

85. Les Chaumes à Saint André, très belle épreuve *avant la signature*, numérotée et signée sur papier ancien.

86. La Chaumière au bord de l'eau, très belle et rare épreuve d'*un état tiré à 9*, signée.

87. La Chaumière en contre-bas à Troyes, très belle épreuve signée, *rare*.

88. Le Chemin de Halage, superbe épreuve *d'état avant la signature gravée*, numérotée et signée.

Voir la reproduction.

89. Le chevet de St Rémy à Troyes, très belle épreuve *numérotée* et *signée*.

90. Les Cités ouvrières à Troyes, superbe épreuve *d'état avant la signature gravée*, numérotée et signée.

N° 112 du Catalogue.

91. Croquis de rue à Troyes, très rare et belle épreuve *(planche tirée à 2 épreuves).*

92. L'Ecluse du nouveau canal à Troyes, superbe épreuve *avant la signature*, numérotée et signée.

93. L'Ecluse du Tréport, très belle épreuve *d'état avant la signature gravée* (tirée à 10 épreuves) numérotée et signée. *Rare.*

94. La Ferme à Gournay, très belle épreuve signée.

95. Le Grand Saule, très belle épreuve signée, *très rare.*

96. L'Impasse Gambey à Troyes, très belle épreuve *avant la signature gravée*, signée.

97. Le Lavoir abandonné, très belle épreuve, *numérotée* et *signée.*

98. La Maison du Garde, superbe épreuve *d'état avant la signature gravée* numérotée et signée (tirée à 10) (très rare).

99. La Marne à Lagny, très belle épreuve *d'état* signée.

100. Le Nouveau Pont à Lagny, très belle et rare épreuve *signée.*

101. Le Petit Bassin des Tuileries, très belle épreuve *avant la signature gravée*, signée (tirée à 10).

102. Les Petites Musiciennes, très belle et rare épreuve *avant la signature*, signée.

103. La place des Jacobins à Troyes, très belle épreuve d'état, *avant la signature*, gravée, signée.

104. La place St Aventin à Troyes, très belle épreuve signée *(très rare).*

105. Le Pont de bois à Troyes, superbe épreuve numérotée et signée *(très rare).*

106. Le Pont de Gournay sur Marne, très belle épreuve sur japon, signée *(rare).*

Nº 113 du Catalogue.

107. Le Pont de St Parre, très belle épreuve signée *(rare)*.

108. Le Port au bois à Troyes, *1re planche* très belle et rarissime épreuve d'une planche *tirée à 8*, signée.

109. Le Port au bois à Troyes, 2me planche, très belle et rare épreuve de l'état *avant la signature* gravée, numérotée et signée.

110. Quai de Marne à Lagny, très belle épreuve sur japon, *signée*.

111. La Rosace de St Pierre à Troyes, très belle épreuve épreuve de l'état *avant la signature* gravée, numérotée et signée.

112. La rue Corne de cerf à Troyes, superbe épreuve de l'état *avant la signature* gravée, *sur papier ancien* numérotée et signée.

Voir la reproduction.

113. La rue de l'Ecole à Troyes, très belle et rare épreuve numérotée et signée.

Voir la reproduction.

114. La rue de l'Isle à Troyes, très rare épreuve en couleurs d'une lithographie *tirée à 10 épreuves*.

115. La rue Domat, très belle épreuve de l'état *avant la signature* gravée, numérotée et signée *(rare)*.

116. Rue du Petit Cloître St Pierre à Troyes, très belle et rare *épreuve du 1er état*, sur papier ancien, *signée*.

117. Rue du Petit Cloître St Pierre à Troyes, très belle épreuve *sur papier ancien* signée.

118. La ruelle des Chats à Troyes, très belle épreuve d'état *avant la signature et le titre gravés*, numérotée et signée.

119. Ruelle St Jean à Troyes, très belle épreuve d'état *avant la signature gravée*, numérotée et signée (*rare*).

120. Ruines des anciennes Tuileries à Paris, très belle épreuve *avant la signature gravée*, numérotée et signée,

121. Les Tanneries à Montargis, superbe épreuve numérotée et signée (*très rare*).

122. La Vallée de la Marne à Noisy-le-Grand, très belle épreuve *signée*.

123. Une ruelle à Venise, très belle et rare épreuve signée d'une planche *tirée à 15 épreuves*. — La Place des Réservoirs à Montmartre (Invitation Ed. Sagot), épreuve signée. — Rue du Petit Gars à Tours, belle ép.; ens. 3 pièces.

LEPÈRE (Auguste)

EAUX-FORTES

124. Le Rémouleur (L. B. 5) très belle épreuve du *1er état* numérotée et signée (*très rare*).

125. Sur la Seine la nuit (L. B. 6) très belle épreuve numérotée et signée. *Rare*.

126. Les Toits de St Séverin (L. B. 9) très belle épreuve du *3me état*, numérotée et signée (*très rare*).

127. Dans le ruisseau à Montmartre (L. B. 10) très belle épreuve signée (*rare*).

128. Giboulées (L. B. 11) superbe épreuve sur japon numérotée et signée (*très rare*).

129. Marchandes de poissons rue Pirouette (L. B. 12) très belle épreuve signée (*rare*).

130. La Lecture (L. B. 13) très belle et rare *épreuve d'état* en sanguine, signée.

131. Nivellement de la place Maubert (L. B. 14), très belle épreuve du 2me *état* numérotée et signée. (*Rare*).

132. En bateau mouche (L. B. 15), très belle épreuve, numérotée et signée.

133. L'Appel des Balayeurs la nuit (L. B. 16), très belle *épreuve du 2me état*, numérotée et signée (*très rare*).

134. Combat contre la neige, Quai aux Fleurs (L. B. 17), très belle épreuve numérotée et signée. (*Rare*).

135. Coucher de soleil au pont Marie (L. B. 18), superbe épreuve numérotée et signée.

136. La rue du Croissant (L. B. 19), belle et très rare épreuve d'un *état tiré à 2*.

137. Cardeuses de matelas au pont Marie (L. B. 20), très belle épreuve *numérotée* et *signée*.

138. Titre de la Série d'eaux-fortes « Coins de Paris » (L. B. 21), très belle épreuve du 2me *état* sur japon, signée.

139. Un 14 Juillet rue Galande : Le Mat de cocagne (L. B. 22), très belle épreuve numérotée et signée (*rare*).

140. Le Lavoir (L. B. 23), très belle épreuve numérotée et signée (*rare*).

141. Embarcadère quai de Bercy (L. B. 26) très belle épreuve signée (*très rare*).

142. Retour de Greenwich la nuit, 1re *planche* (L. B. 31), très belle *épreuve du 3me état* numérotée et signée (*très rare*).

143. Retour de Greenwich la nuit, 2me *planche* (L. B. 32), très belle et rare épreuve du 2me *état* sur japon, numérotée et signée. (*Rare*).

144. Embarcadère sur la Tamise (L. B. 34), belle épreuve.

N° 145 du Catalogue

145. Le Marché aux pommes (L. B. 35), superbe épreuve du 2me *état*, numérotée et signée, *très Rare.*

Voir la reproduction.

146. Chemin dans le marais, Vendée (L. B. 39), très belle épreuve numérotée et signée.

147. Maison de Pêcheur St Jean de Mont (L. B. 40), très belle épreuve numérotée et signée.

148. Sortie d'école Marais Vendéen (L. B. 43), très belle épreuve signée *(rare)*.

149. Rochers de Sion, Vendée (L. B. 44), très belle épreuve numérotée et signée.

150. Vieille Bourrine ; Maison du Marais Vendéen (L. B. 46), très belle épreuve numérotée et signée. (*Rare*).

151. Le Marché à la volaille St Jean de Mont (L. B. 47), très belle et rare épreuve du *1er état* numérotée et signée.

152. Vue de St Jean de Mont (L. B. 48), très belle épreuve sur hollande, signée *(rare)*.

153. La pointe de l'Ile St Louis et le quai de l'Hôtel de Ville (L. B. 52), très belle épreuve sur japon, numérotée et signée (*très rare*).

154. Tombereau de boueux au quai de la Gare (L. B. 53), très belle épreuve numérotée et signée d'une planche tirée à 10 épreuves (*très rare*).

155. On déchiffre (L. B. 54), très belle épreuve numérotée et signée.

156. Coupeurs de bouts de cigares, (L. B. 56), très belle épreuve du *3me état (tirée à 5)* numérotée et signée (*rare*).

157. Au pont Sully (L. B. 57), très belle et rare épreuve du 2me *état (tirée à 2)* numérotée et signée.

158. L'Abreuvoir au pont Sully (L. B. 58), très belle épreuve numérotée et signée. (*Rare.*)

159. Femme couchée sommeillant (L. B. 59), très belle épreuve numérotée et signée — Coucher de soleil orageux à Jouy le Moutier (L. B. 71 *bis*), très belle épreuve numérotée et signée — Ex-libris Lotz Brissonneau (L. B. 111), belle épreuve à grandes marges ; ens. 3 pièces.

160. Un Verger (L. B. 63), superbe épreuve numérotée et signée (*rare*).

161. Bourgeoises à la campagne à Vauréal (L. B. 66), très belle épreuve numérotée et signée.

162. Chemin creux à Vauréal (L. B. 67), très belle épreuve signée (*rare*).

163. Mon atelier à Jouy le Moutier (L. B. 73) très belle épreuve sur japon (*très rare*).

164. Sur les toits près de Notre-Dame (L. B. 75), très belle épreuve du *3me état* (*tirée à 15*) numérotée et signée.

165. Le Marché aux pommes vu du pont Louis-Philippe (L. B. 76), très belle épreuve signée.

166. Vue de Jouy le Moutier (L. B. 77), superbe épreuve sur japon signée (*rare*).

167. Un lundi porte des Prés St Gervais (L. B. 78), très belle et rare épreuve du *1er état*, signée.

168. Enfants jouant à la porte d'une ferme (L. B. 80), très belle épreuve numérotée et signée (*très rare*).

169. Route de Billancourt (L. B. 87), très belle épreuve numérotée et signée.

170. Dîner à Bellevue (L. B. 88), très belle épreuve numérotée et signée.

171. Station d'omnibus à Vaugirard (L. B. 89), très belle épreuve.

172. Sous le pont de Bercy (L. B. 90), belle épreuve numérotée et signée.

173. Les Laveuses (L. B. 91), belle épreuve *imprimée en couleurs* numérotée et signée.

174. La Maison neuve (L. B. 92), superbe épreuve *sur papier ancien* numérotée et signée. *Rare.*

175. Débardeur quai de la Gare (L. B. 93), superbe épreuve sur japon, numérotée et signée.

176. Quartier des Gobelins (L. B. 96), très belle épreuve du *3me état*, avant la lettre, signée (*rare*).

177. La Cité vue du pont des Arts (L. B. 99), très belle épreuve du *1er état*, numérotée et signée. (*Rare*).

178. L'écluse de la Monnaie (L. B. 100), très belle épreuve numérotée et signée.

179. Cité de Chiffonniers (L. B. 102), très belle épreuve signée.

180. Le Pont des Arts (L. B. 103), très belle épreuve *d'un état non décrit* avant la signature gravée, numérotée et signée (*très rare*).

181. Travaux pour le champ de manœuvre d'Issy les Moulineaux (L. B. 104), superbe épreuve sur japon mince, numérotée et signée (*rare*).

182. Colloque sentimental (L. B. 107). très belle épreuve du *2e état*, numérotée et signée.

183. Carrières d'Amérique près Paris (L. B. 108), superbe épreuve sur japon, numérotée et signée (*rare*).

184. Aux fortifications, Porte de Versailles (L. B. 110), superbe épreuve signée (*très rare*).

185. Amsterdam, vue de Victoria Hôtel (L. B. 116), très belle épreuve numérotée (*rare*).

186. Bords de l'Amstel (L. B. 117), superbe épreuve sur japon, numérotée et signée (*très rare*).

187. Zwanen Burgwall, Amsterdam (L. B. 118), très belle et rare épreuve du *2e état* (*tirée à 3*).

188. Une Rue du quartier juif à Amsterdam (L. B. 119), très belle épreuve numérotée et signée. *(Rare)*.

189. Le Nys à Amsterdam (L. B. 120), très belle épreuve numérotée et signée *(rare)*.

190. Haarlem (L. B. 121), superbe *épreuve d'état (avant la coupure du cuivre)*, numérotée et signée. *(Rare)*.

N° 194 du Catalogue.

191 Entrée du béguinage à Bruges (L. B. 122), très belle *épreuve d'état*, numérotée et signée.

192. Rentrée de la Procession à la Cathédrale de Nantes (L. B. 123), très belle épreuve numérotée et signée.

193. Le Pont Neuf (L. B. 124), superbe *épreuve d'état*, numérotée.

194. Notre Dame vue du quai Montebello (L. B. 125), superbe épreuve sur japon, numérotée et signée *(rare)*.

Voir la reproduction.

195\. Un Enterrement au Marais Vendéen (L. B. 126), très belle épreuve du *1er état* sur hollande.

196\. Un Enterrement au Marais Vendéen (L. B. 126), très belle épreuve terminée, *sur parchemin*, signée.

197\. La Bièvre, St Séverin (L. B. 126 *bis*), suite complète de 12 eaux-fortes, épreuves du *1er état* sur hollande, signées.

On y joint 2 épreuves d'essai de la couverture.

198\. La Bièvre, St Séverin (L. B. 126 *bis*), suite complète de 12 eaux-fortes sur *japon*, signées, avec la couverture et les 3 prospectus annonçant la publication.

199\. La Bièvre, St Séverin (L. B. 126 *bis*), suite complète de 12 eaux fortes sur *hollande*, signées, avec la couverture et le prospectus de publication.

200\. Maisons de la rue Galande (L. B. 126 *bis*), planche VI, très belle épreuve *d'état* signée. — La rue du Pot au lait (planche XII), très belle ép. avec la signature gravée et le titre; ens. 2 p.

201\. L'Abreuvoir au pont Marie, *1re planche* (L. B. 128), très belle épreuve numérotée et signée. *(Rare)*.

202\. Vieilles Chaumières à Apremont (L. B. 131), très belle épreuve signée.

203\. Une ruelle au pied de la cathédrale de Beauvais (L. B. 131 *ter*), très belle et rare épreuve, du *2me état*, numérotée et signée.

204\. A la foire de St Jean-de-Mont (L. B. n. d.), très belle épreuve, numérotée et signée.

205\. L'arrivée des légumes à Amiens (L. B. n. d.), superbe épreuve du *3e état* sur japon numérotée, et signée *(très rare)*.

206\. Le Ballon qui tombe, Pré St Gervais (L. B. n. d.), très belle épreuve du *1er état*, sur japon, numérotée et signée. *(Rare)*.

N° 216 du Catalogue.

207. Billet de naissance de Marthe Marie Demange (L. B. 127), 2 très belles épreuves d'état sur japon, une avant le texte. — Billet de naissance Suzanne Le Garrec (L. B. n. d.) ; ens. 3 pièces.

208. Bords de « La Vie » (L. B. n. d.), très belle épreuve du 2e *état* numérotée et signée.

209. La Cathédrale d'Amiens : Jour d'inventaire (L. B. n. d.), très belle épreuve sur japon, signée.

210. Chemin au Marais, Coucher de soleil (L. B. n. d.), très belle épreuve du 1er *état*, numérotée et signée. (*Rare*).

211. Clisson (L. B. n. d.), très belle épreuve du 2e *état* sur japon mince, numérotée et signée. (*Rare*).

212. Coucher de Soleil, St Jean de Mont (L. B. n. d.), très belle épreuve signée.

213. Démolition de la maison Sabra (L. B. n. d.), superbe épreuve du 1er *état*, numérotée et signée (*très rare*).

214. Dimanche au cabaret (L. B. n. d.), très belle épreuve numérotée et signée.

215. L'Église de Jouy le Moutier (L. B. n. d.), très belle épreuve du 1er *état*, numérotée et signée.

216. L'Enfant prodigue (L. B. n. d.), très belle épreuve du 2e *état*, sur japon mince, numérotée et signée. (*Rare*).

Voir la reproduction.

217. La Guinguette, route de Billancourt (L. B. n. d.), superbe épreuve du 1er *état*, numérotée et signée. (*Rare*).

Voir la reproduction.

218. Juillet en Picardie (L. B. n. d.), très belle épreuve du 1er *état* numérotée et signée. (*Rare*).

219. La Masure (L. B. n. d.), très belle épreuve numérotée et signée.

N° 217 du Catalogue.

220. Menu pour un Dîner des Cent Bibliophiles (L. B. n. d.), très belle épreuve sur japon, *avant le menu.*

221. Le Moulin des Chapelles (L. B. n. d.), superbe et très rare épreuve d'un *2e état tirée à 3 épreuves*, numérotée et signée.

Voir la reproduction.

222. Nid de Pauvres (L. B. n. d.), très belle épreuve numérotée et signée.

223. L'Ondée (L. B. n. d.), très belle épreuve du *1er état*, numérotée et signée.

224. La Petite Mare (L. B. n. d.), superbe épreuve numérotée et signée (*rare*).

Voir la reproduction.

225. Provins (L. B. n. d.), superbe épreuve du *1er état*, numérotée et signée (*rare*).

226. Rue de la Montagne Ste Geneviève (L. B. n. d.), superbe épreuve sur japon mince, signée.

227. Ruines du Donjon de Mortagne-sur-Sèvre (L. B. n. d.), très belle épreuve du *1er état*, numérotée et signée. (*Rare.*)

228. La Seine à l'embouchure du canal St Martin (L. B. n. d.), très belle épreuve signée.

229. Sous Bois la Rigonette (L. B. n. d.), superbe épreuve du *1er état* sur japon, numérotée et signée (*très rare*).

230. Les vieux Bateaux-Lavoirs à Grenelle (L. B. n. d.), superbe épreuve du *1er état* sur japon, numérotée et signée (*très rare*).

231. Village de « La Meule » (Ile d'Yeu) (L. B. n. d.), très belle épreuve numérotée et signée.

232. Vue du Port de la Meule, *Ile d'Yeu* (L. B. n. d.), superbe épreuve du *1er état*, numérotée et signée (*très rare*).

N° 224 du Catalogue.

GRAVRES SUR BOIS

233. 14 Juillet 1881 Fête de nuit au Bois de Boulogne (L. B. 134), superbe épreuve sur chine, signée (*très rare*).

Voir la reproduction.

234. La rue de la Montagne Ste Geneviève (L. B. 146), très belle épreuve sur japon.

235. La Seine au pont d'Austerlitz (L. B. 147), très belle épreuve sur japon pelure. (*Rare*).

236. Le quai des Grands Augustins (L. B. 148), superbe épreuve sur japon, signée.

237. Le quai de l'Hôtel de Ville (L. B. 152), superbe épreuve sur japon pelure, signée (*très rare*).

238. La Rue des Barres (L. B. 154), superbe et rare épreuve sur japon pelure, signée.

239. Frontispice de Rouen illustré (L. B. 166), fumé sur chine, signé. (*Rare*).

240. L'Eglise St Ouen à Rouen (L. B. 176), très belle épreuve sur chine, signée (*très rare*).

241. La Cathédrale de Rouen (L. B. 177), superbe épreuve sur chine, signée (*très rare*).

242. Sortie du Théâtre du Châtelet (L. B. 180), très belle épreuve sur japon.

243. Au Coq de Bruyères, Restaurant à Bellevue, *d'après Vierge* (L. B. 181), très belle épreuve sur japon pelure, signée.

244. Paris, vue des Guinguettes sous le Sacré-Cœur (L. B. 185), fumé sur chine.

245. Marchandes au panier (L. B. 187), belle épreuve.

246. Les Boulevards près du Vaudeville (L. B. 201), très belle épreuve sur japon, numérotée et signée (*très rare*).

N° 233 du Catalogue.

247. Le Palais de Justice vu du pont Notre-Dame (L. B. 203), très belle épreuve imprimée en couleurs, *rare.*

248. Boulevard Montmartre le soir (L. B. 209), très belle épreuve sur japon, signée *(très rare).*

249. Le Stryge de Notre Dame (L. B. 212), très belle épreuve sur japon, numérotée et signée *(très rare).*

250. Place de l'Opéra (L. B. 225), superbe fumé sur japon pelure, signé (*très rare*).

251. Les Boulevards près de la Porte St Denis (L. B. 227), très belle épreuve sur japon, signée (*très rare*).

252. Le Pont St Michel (L. B. 229), fumé sur chine, signé. (*Rare*).

253. Le Parlement à neuf heures du soir, Londres (L. B. 231), *superbe* et *rarissime* épreuve sur japon, signée.

254. Coupeurs de bouts de cigares (L. B. 236), très belle épreuve sur japon mince, signée. (*Rare*).

255. Petit bras de la Seine au Pont St Michel (L. B. 237), très belle épreuve sur chine, signée.

256. Pêcheurs de crevettes (L. B. 245), *superbe et unique* épreuve en noir et vert sur japon, signée.

257. Pêcheurs de crevettes (L. B. 245), très belle épreuve *du trait seul* sur japon, signée.

258. Le Gueux des campagnes (L. B. 246), très belle épreuve *du trait seul* sur japon, signée.

259. Centaure (L. B. 252), très belle épreuve du *1er état* numérotée et signée.

260. L'Abreuvoir derrière Notre-Dame (L. B. 264), très belle épreuve sur japon, signée *(rare).*

261. Le Bassin des Tuileries (L. B. 265), très belle épreuve *imprimée en couleurs* numérotée et signée *(rare)*.

262. La Procession de la Fête Dieu à Nantes (L. B. 272), très belle et rare épreuve, *de remarque*, imprimée *en couleurs*, numérotée et signée.

263. La Procession de la Fête Dieu à Nantes (L. B. 272), très belle et rare épreuve du 2e *état, le trait seul*, numérotée et signée.

264. Le Braconnier (L. B. 273), très belle épreuve *imprimée en couleurs*, signée.

265. Les Lames déferlent (L. B. 274), très belle épreuve *imprimée en couleurs*, signée.

266. Buste de Victor Hugo (L. B. 282), trois très belles *épreuves d'états différents* dont deux imprimées *en couleurs* sur japon, une signée.

267. Ramasseuses de pignons (L. B. 294), très belle épreuve *imprimée en couleurs*. *(Rare)*.

268. L'Imprimerie (L. B. 270), belle épreuve sur japon. — Fête donnée pour l'Exposition de 1867 *d'après Henri Baron*, très belle épreuve de *remarque* sur japon, signée et numérotée, ens. 2 pièces.

269. Fête donnée pour l'Exposition de 1867, *d'après Henri Baron*, très belle épreuve de remarque sur japon, signée et numérotée.

270. Fête donnée pour l'Exposition de 1867, d'après Henri Baron, fragment, très belle *épreuve d'essai* sur japon pelure (trouée).

271. Fin de journée (L. B. n. d.), très belle épreuve *du trait du 1er état*, numérotée et signée.

272. La Forêt de Fontainebleau, 34 gravures originales sur bois ; en 1 album in-f° oblong cart.

Tirage de Desmoulins à 35 épreuves numérotées et signées (n° 26).

Nous y joignons 4 épreuves de bois effacés.

273. Otero dans sa Prison, *d'après Vierge*, très belle épreuve sur chine.

274. Le Port de Nantes (L. B. n. d.(, très belle *épreuve de remarque*, numérotée et signée.

275. Un Baptême royal à la Cour d'Espagne, *d'après Vierge*, très belle épreuve sur chine.

276. Vieille Rue à Marseille, le Marché aux Poissons (L. B. n. d.), gravée par Florian, très belle épreuve sur japon.

LITHOGRAPHIES

277. Y a un noyé! (L. B. 299), très belle *épreuve de remarque*, signée.

Voir la reproduction.

278. Le Perruquier des Débardeurs (L. B. 300), très belle épreuve sur chine.

279. Chiffonniers sous le pont Marie (L. B. 306), belle épreuve sur chine volant.

280. L'Homme à l'Echiquier (L. B. 307), très belle épreuve sur chine volant.

281. L'Ile de Grenelle (L. B. 308), très belle épreuve sur chine volant.

282. Affiche pour l'Exposition des Peintres Lithographes (L. B. 309), deux très belles épreuves *avant la lettre*, sur chine volant.

283. Eventail pour la fête Henri Monnier (L. B. 310), belle épreuve *imprimée en couleurs.*

PEINTURES & DESSINS

284. Ancien abreuvoir à Montmartre, toile signée, datée 1875, encadrée.

H. 380. L. 600.

Une des premières peintures de l'artiste.

N° 277 du Catalogue.

285. Andrésy, aquarelle signée, encadrée.

H. 150. L. 250.

286. Arcueil : la Vallée et l'Aqueduc, aquarelle signée (encadrée).

H. 250. L. 380.

287. Aux abords de l'Exposition de 1900, aquarelle signée (encadrée).

H. 240. L. 320.

288. La Barque bleue (St-Gilles-sur-Vie), pastel signé (encadré).

H. 220. L. 320.

289. Eté. Sous les grands Arbres, pastel signé (encadré).

H. 300. L. 410.

Etude pour la remarquable peinture exposée au Salon de 1908.

290. Les grandes Nuées orageuses, belle et importante toile, signée (encadrée).

H. 800. L. 590.

No 20 de l'Exposition d'ensemble de Lepère au Salon de 1908.

Reproduite dans le Catalogue spécial de cette Exposition.

291. La Grand'Mère, belle et importante gouache, signée (encadrée).

H. 350. L. 450.

292. Guinguette à Issy-les-Moulineaux un jour de Revue, peinture sur panneau, signée (encadrée).

H. 420. L. 320.

A été gravée sur bois et publiée dans " L'Image ".

293. La Maison Blanche (Village de Jouy-le-Moutier), étude signée.

H. 290. L. 400.

Très intéressante peinture, une des premières de l'artiste.

294. Moissons mûres, toile signée (encadrée).
H. 320. L. 400.

295. Rochers éclairés par le Soleil couchant, pastel signé (encadré).
H. 220. L. 320.

LOTZ-BRISSONNEAU (A.)

295 *bis*. Catalogue de l'œuvre gravé de A. Lepère, avec une préface de M. L. Bénédite ; *Nantes*, 1905, beau vol. in-8° jésus, sur papier à la forme, tiré à 125 exemplaires numérotés à la presse (exemplaire n° 25).

Contient 3 planches originales (eau-forte, bois, lithographie).

LUNOIS (A.)

296. L'Adoration nocturne du Saint-Sacrement, superbe épreuve sur blanc, signée (*Rare*).

297. 1re, 2e, 3e adresses Sagot. L'allée Bossuet, très belle épreuve signée.

La Chanteuse, très belle épreuve *imprimée en couleurs*.

Ensemble 6 pièces.

298. A l'Imparcial, très belle épreuve de *remarque*, imprimée en couleurs, numérotée.

299. Au Burrero, très belle épreuve *imprimée en couleurs*, sur japon, numérotée (rare).

300. Avant la Danse, très belle épreuve *imprimée en couleurs*, signée.

301. Bailarinas Flamencas, très belle épreuve *imprimée en couleurs*, numérotée.

302. La belle Tulipe, superbe épreuve sur japon, signée (*très rare*).

Voir la reproduction.

303. Les Castagnettes, très belle épreuve, *imprimée en couleurs*, sur japon (rare).

304. Le Colin-Maillard? très belle épreuve *imprimée en couleurs*, numérotée et signée.

305. La Corrida, suite double complète des 8 lithographies *en couleurs*, et des épreuves *d'essai en noir* sur chine, signées et numérotées; très belles épreuves.

306. Course de Chars romains à l'Hippodrome — La Convalescente, 2 lithos au lavis, très belles épr. signées.

307. Danseuse espagnole, très belle épreuve *imprimée en couleurs*, sur japon.

308. Dernière Prière : Fosse commune, très belle épreuve *avec dédicace*, signée.

309. Les Disciples d'Emmaüs, très belle épreuve, signée.

310. Fête de Nuit sur les bords du Guadalquivir, très belle épreuve de *remarque*, *imprimée en couleurs*, sur japon, numérotée et signée (rare).

311. La Hollandaise de Volendaam, très belle épreuve sur japon, *avec dédicace*, signée.

Extrêmement rare, la pierre ayant été cassée après le tirage de quelques épreuves.

312. Intérieur hollandais, très belle épreuve de *remarque*, *imprimée en couleurs*, sur japon, signée.

313. Joueuse de Guitare assise — Fileuse arabe, deux très belles épreuves.

314. Juana Fernandez, très belle épreuve de *remarque*, sur japon, numérotée et signée (rare).

315. Le Kouss-Kouss, très belle épreuve signée (rare).

316. Les Lavandières, *d'après H. Daumier*, très belle épreuve sur japon, signée.

N° 302 du Catalogue.

317. Lawn-Tennis, très belle épreuve *imprimée en couleurs*, sur japon mince, signée.

318. Magasin de Nouveautés, lithographie en couleurs, très belle épreuve de *remarque*, numérotée et signée.

319. Le Menuet chez Madame Ménard Dorian, très belle épreuve sur japon, *imprimée en couleurs*, numérotée et signée (rare).

320. Nocturne, *d'après Cazin*, très belle épreuve sur chine volant, signée.

321. Nocturne, d'après Cazin, très belle épreuve sur chine volant, signée.

322. Les Novios, très belle épreuve *imprimée en couleurs*, sur japon, signée (rare).

323. Orangères de Valence, très belle épreuve *imprimée en couleurs*, sur japon, signée.

324. La Partie de Volant, très belle épreuve *imprimée en couleurs*, sur japon, signée (très rare).

325. Portrait de Mlle E..., très belle épreuve sur japon, signée.

326. Le Pot de Vin d'après Lhermitte, très belle épreuve *de remarque*, sur chine, signée.

327. Printemps Norwegien, Loftus, très belle épreuve sur japon, numérotée et signée.

328. Séville : La Toilette, très belle épreuve *imprimée en couleurs*, sur japon, numérotée et signée.

329. Les Tisseuses de Burnous, superbe épreuve sur japon appliqué (très rare).

330. Une Nuit à Séville, très belle épreuve *imprimée en couleurs*, numérotée et signée (tirée à 7).

331. Une Réunion publique à la Salle Graffard, *d'après Jean Béraud*, très belle épreuve sur japon, signée (rare).

332. Menu pour les Cent Bibliophiles, très belle épreuve *avant la lettre*, imprimée en couleurs, sur chine volant.

MAC-LAUGHLAN

333. Le Fort d'Ambleteuse. — Le Pont Neuf. — Le Port de Boulogne sur Mer. Ens. 3 pièces, très belles épreuves, signées.

334. La Maréchalerie. — Ruelle de pêcheurs, Boulogne sur Mer. — Tour de beurre à Rouen. — The Copper Smith. Ens. 4 pièces, très belles épreuves, signées.

335. Portail d'église. — La Forge. — Bord de rivière. Ens. 3 pièces, très belles épreuves, signées.

336. La Tannerie, très belle épreuve, signée. — Portail gothique — L'Atelier de Menuiserie — Cour de Rohan — Boutique de Charbonnier, ensemble 5 eaux-fortes, superbes épreuves, signées.

337. Tour de Laurent. Rouen. — Le Moulin de St Maurice. — La Petite Forge. Ens. 3 pièces, très belles épreuves, signées.

MATHEY (P.)

338. Planche de croquis, n° 11/45 — Portrait de Eugène Rodrigues, n° 7/100 (*L'Estampe Nouvelle*), ensemble 2 pièces, très belles épreuves, signées.

NICHOLSON (William)

339. Almanach des Douze Sports, suite complète de douze gravures sur bois, *imprimées en couleurs*, très belles épreuves à grandes marges, montées et signées.

Rares épreuves tirées *sur les bois originaux*.

340. Douze Portraits : tirage à 100 exemplaires *pour Henri Floury, éditeur*, Album in-4° carré demi bradel, dos et coins.

12 portraits en couleurs, montés sur bristol.

PENNELL (Joseph)

341. The Bridge of St Martin, Toledo, très belle épreuve signée.

RAFFAELLI (J.-F.)

342. L'Actrice en scène, très belle épreuve *imprimée en couleurs*, sur japon, numérotée et signée.

343. L'Arbre Jaune, très belle épreuve *imprimée en couleurs*, sur japon, numérotée et signée.

344. Au bord de l'eau, très belle épreuve sur japon, *imprimée en couleurs*, numérotée et signée.

345. Le Berger, très belle épreuve sur chine volant, signée.

346. Le Chiffonnier éreinté (B. 1), très belle épreuve in-folio, avant la coupure du cuivre.

Voir la reproduction.

347. Le Village sur la colline, pointe sèche *en couleurs*, superbe épreuve, signée et numérotée, 21.

348. Les Deux Amis, très belle épreuve *imprimée en couleurs*, sur japon, numérotée et signée.

349. Gennevilliers, très belle épreuve *imprimée en couleurs*, numérotée et signée.

350. Le Grand Père, très belle épreuve imprimée *en couleurs* sur japon, numérotée et signée.

351. L'Homme et son chien, *épreuve unique*, *imprimée en couleurs*, signée, AVEC DEUX IMPORTANTS CROQUIS ORIGINAUX *(encadrée)*.

352. Les Invalides, très belle épreuve sur japon *imprimée en couleurs*, numérotée et signée *(rare)*.

353. Le Jardin de la vieille femme, très belle épreuve *imprimée en couleurs*, sur japon, signée *(très rare)*.

N° 346 du Catalogue.

354. Le Marchand de marrons. — Sur les boulevards, 2 pièces, très belles épreuves dont une numérotée et signée.

On y a joint le Luxembourg ouvert, texte par Gustave Geffroy, lithographies par Raffaelli.

355. La Neige, pointe sèche *en couleurs*, très belle épreuve sur hollande, numérotée 50 et signée.

356. Paysage de Banlieue, très belle épreuve sur japon, numérotée et signée.

357. Les Petits Anes, pointe sèche *en couleurs*, très belle épreuve d'artiste, numérotée (47) et signée.

358. La Route aux grands arbres, très belle épreuve sur japon, *imprimée en couleurs*, numérotée et signée. (*Très rare.*)

359. Son Portrait, belle épreuve *imprimée en couleurs*, numérotée et signée.

360. Sur le Bord du ruisseau, très belle épreuve *imprimée en couleurs*, signée (*rare*).

361. Types de petites gens, eaux fortes imprimées en couleurs, *Paris*, s. d. *Boussod et Valadon*. Album in-f° contenant 6 planches, tirées à 30 exemplaires (*planches détruites*).

L'Album contient la suite justificative de la destruction des planches.

RASSENFOSSE (A.) — COLIN (P.)

362. Jeune femme assise. — Jour de foire, ensemble 2 pièces, très belles épreuves numérotées et signées.

RENOIR

363. Mère et Enfant, très belle épreuve sur japon, numérotée.

364. Tête d'enfant, très belle épreuve sur chine, signée.

RENOUARD (P.)

365. La Cauda, Répétition de la Farandole des Barbares à l'Opéra, très belle épreuve *d'état*, sur hollande.

366. La même, très belle épreuve *de l'état terminé*, sur japon, signée.

367. La Danse, 20 dessins transposés en harmonies de couleurs par Ch. Gillot et Th. Child, tiré à 275 (n° 240) en 1 Album in-f°.

368. L'Opéra, trente eaux fortes, préface par Ludovic Halévy, in-f° *en portefeuille*.

SILVESTRE (A.) THOMÉ (F.) et CHÉRET (J.)

369. La Fée du Rocher, ballet-pantomime en 2 actes et 6 tableaux ; *Paris*, 1894, in-folio demi-bradel toile dos et coins.

N° 47 des 100 Ex^res tirés sur les pierres originales *avec double suite* des lithos de Jules Chéret.

STEINLEN (A.)

370. Blanchisseuses. — Chansons de femme, 2 pièces, ensemble 3 pièces lithographies, très belles épreuves, signées.

371. Chanteur de cour, superbe *épreuve d'essai*, signée (*rare*).

372. Chanteurs de rue, très belle épreuve, numérotée et signée.

373. Le Chemineau. — Trois chats, 2 pièces dont *une imprimée en couleurs*, très belles épreuves.

374. En tramway. — Le Boul' Mich. — Aux vrais pauvres les mauvais riches. Ens. 3 pièces, très belles épreuves, une signée.

N° 380 du Catalogue.

375. Femme rentrant du lavoir, très belle épreuve *imprimée en couleurs*, numérotée.

376. Fête Nationale. — Retour en arrière, 2 pièces, très belles épreuves, numérotées (*rares*).

377. Les pauv' p'tits fieux. — A propos de bottes. — Les Moutons de Boisdeffre, ensemble 3 lithographies originales, belles épreuves.

378. Rentrée du travail, très belle épreuve, numérotée et signée.

379. Retour du bois (lithographie), très belle épreuve, sur chine volant.

380. Le Retour du lavoir, très belle épreuve *imprimée en couleurs*, numérotée et signée.

Voir la reproduction.

N° 382 du Catalogue.

WILLETTE (A.)

381. Affiche du Salon des cent (Massacres d'Arménie), sur japon ; Le Vaporisateur ; La Ronde des compagnons ou la Veillée rouge ; Diplôme de l'Exposition des chats, ensemble 4 lithographies originales, belles épreuves.

382. Le Baiser, très belle épreuve signée *(rare)*.

Voir la reproduction.

383. Le Bonhomme Noël. — N'y a plus d'été... Le printemps... et... tout de suite l'automne! — Souvenir de la Cavalcade de l'Isle Adam (Les petits Pierrots), ensemble 3 fumés, très belles épreuves, dont 2 signées.

384. L'Enfant prodigue, très belle épreuve de tirage à part, sur blanc *avant la lettre. (Rare).*

385. La même, épreuve avec la lettre *sur chine*, mais avant le nom et l'adresse de l'Imprimeur.

386. Retour de Russie, très belle épreuve sur vélin.

387. Suite complète de 16 lithographies pour les Chansons de Paul Delmet, superbes épreuves de tirage in-4° sur japon à grandes marges, *avant le nom de l'imprimeur*, ensemble 16 pièces *(de toute rareté).*

WILLETTE (A.) — ROCHEGROSSE

388. Le petit Chaperon Rouge, litho; Affiche pour Louise, ensemble 2 lithographies en couleurs.

www.ingramcontent.com/pod-product-compliance
Ingram Content Group UK Ltd.
Pitfield, Milton Keynes, MK11 3LW, UK
UKHW021651260726
13994UKWH00003B/1413

9 782329 465708